MAIRA HORTA

OS DESAFIOS DE
LAURA

Ilustrado por
Clarissa Ricci

Esta história é sobre uma doce e curiosa garotinha chamada Laura que tinha apenas cinco anos.
Ela passou por grandes mudanças em sua vida quando seus pais decidiram que não iriam mais viver juntos na mesma casa.
No início, ela ficou um pouco confusa e triste e sentiu medo.

Laura agarrou seu ursinho Lico e fez várias perguntas
a si mesma, pois estava muito confusa e cheia de
dúvidas...

— Como vai ser minha vida, agora? Eu ainda vou
poder ver os meus amigos? Vou continuar a ir para
a mesma escola? Quando eu vou poder ficar com
a mamãe e com o papai? Com os meu primos do
Brasil e os meus primos que moram nos Estados
Unidos? Onde vão ficar os meus brinquedos? O que
eu vou fazer quando sentir saudade de alguém? Vou
poder telefonar para as pessoas?

Esses pensamentos a deixaram um tanto apreensiva.
Ela imaginou-se sozinha, andando de um lugar para
outro, sem saber o que esperar. Essa sensação a
fez sentir um aperto no peito, e ela desejou ficar
quietinha nesse momento.

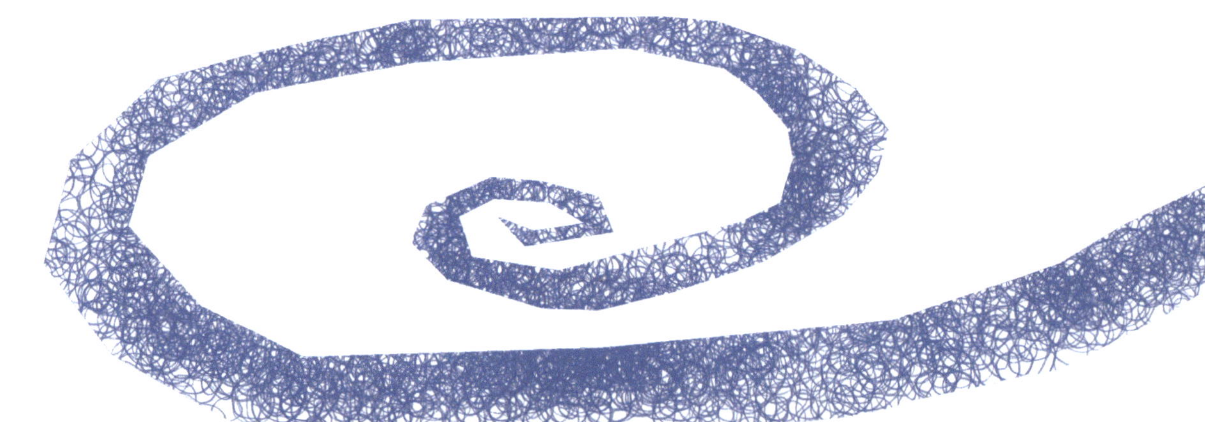

Laura teve medo de que seus pais não quisessem
mais ser amigos, ou que não gostassem mais um do
outro e, pior...
Ela teve medo de que eles deixassem de gostar dela
ou que ficassem chateados com ela! Ela sentiu um
friozinho na barriga e teve vontade de se esconder.

— Querido ursinho, meus pais me disseram que, mesmo vivendo em casas separadas, eles sempre estarão perto de mim, e falaram também que eu continuarei sendo o amor da vida deles para sempre!

Então, ela percebeu que seu tempo seria dividido
entre duas casas, em dois lugares diferentes.
Nos Estados Unidos, na Califórnia, onde Laura
nasceu e viveu durante a maior parte de sua vida,
ela continuaria frequentando uma escola linda,
onde as pessoas falavam inglês e espanhol, e
lá ela aprendia a se comunicar nas duas línguas
com a maioria de seus amigos.

Ela se lembrou dos sanduíches e das
frutinhas deliciosas que sua mãe colocava
na lancheira com muito carinho, e também se
lembrou de quando voltava da escola e a mamãe
sempre a recebia com rodopios, abraços, beijos e
cheirinhos gostosos.

— Lico, vou levar você ao parque, e nós vamos em todos os brinquedos! Eles são divertidos, você não vai ficar com medo!

Laura, vira e mexe, recebia a visita de seus avós, tios e primos. Além disso, ela tinha os amigos do coração, que sempre estavam com ela.

Os pais de Laura também lhe contaram que ela poderia passar férias com os avós, tios e primos no lugar onde seu pai nasceu.

Ali ela experimentaria uns costumes diferentes... Eles andavam muito de moto e de bicicleta, brincavam na neve, visitavam um lago muito bonito e patinavam no gelo. Laura adorava viver essas aventuras repletas de diversão com a família do papai.

— Lico, todos os anos, eu poderei passar um tempo também com meus padrinhos, meus outros familiares e meus primos que moram no Brasil. Eles são muito queridos e muito animados!

— Além do inglês e do espanhol, eu falo e entendo português! Lá, no Brasil, nós dançamos muito, comemos deliciosos pães de queijo e brigadeiros, que eu adoro, e passamos horas na praia, surfando nas ondas do mar.

Laura sentiu-se envolvida por todo esse carinho e toda essa energia. Ela compreendeu que, apesar de ter ficado triste e de se sentir insegura com tantas mudanças, conseguiu enfrentar esse desafio com coragem.
Ela continuaria sendo uma garotinha carinhosa, forte e alegre, e seus pais a amavam exatamente do jeitinho que ela era.
Laura não estava mais com medo!!!

14

Os pais de Laura sempre faziam questão de lembrá-la de que não era culpa dela o fato de eles não morarem mais juntos. Às vezes, os adultos tomam decisões para poderem ficar mais felizes, e, mesmo separados, eles sempre estariam lá para cuidar dela com todo o amor do mundo.

Com o passar do tempo, Laura percebeu
que as mudanças em sua vida lhe trouxeram
grandes experiências, e ela teve a oportunidade
de conviver com diferentes culturas, viajar para
outros lugares e aprender outros idiomas.
Ela teve certeza de que o amor de sua família a
acompanharia onde quer que ela fosse, criando
um laço eterno entre eles.

Assim, Laura continuou sua jornada pela vida,
com o coração repleto de confiança em virtude
de todas as experiências que fizeram com que
ela se sentisse uma pessoa única e amada.
Ela compreendeu que, apesar das mudanças, o
amor dos seus pais por ela os mantinham unidos,
não importando onde ela estivesse.

Com esse amor como guia, Laura se sentia pronta para enfrentar todas as dificuldades que a vida lhe reservava com alegria e coragem.

Laura, então, compreendeu o sentimento de gratidão. Ela percebeu como se sentia agradecida a todos os que a ajudaram a passar por suas mudanças por meio de palavras boas e plenas de acolhimento e aceitação.

Lembrou-se de que teria brinquedos divertidos na casa da mamãe e na casa do papai. Seu ursinho Lico sempre a acompanharia. Agora, ela se sentia leve e confiante e sorria.

Laura entendia que todas as pessoas à sua volta lhe queriam bem e pensava em todos com muito carinho. Havia um fio mágico ligando seu coração ao coração da mamãe e do papai. E Laura era esse fio mágico! Ela sabia que eles sempre estariam em sua vida para apoiá-la se ela precisasse.

Ela estava tranquila e respirava profundamente!

AS BRINCADEIRAS FAVORITAS DE LAURA

Ela gosta de

- andar de bicicleta,
- andar de carrinho,
- desenhar e pintar,
- brincar de esconde-esconde,
- fazer comidinha para as bonecas,
- levar seus bichinhos para passear,
- pular na cama elástica,
- brincar de cabra-cega,
- fazer um castelo na areia,
- brincar de jogo da memória,
- fazer bolinhas de brigadeiro,
- pular corda,
- jogar bingo,
- jogar bola e jogar dominó!

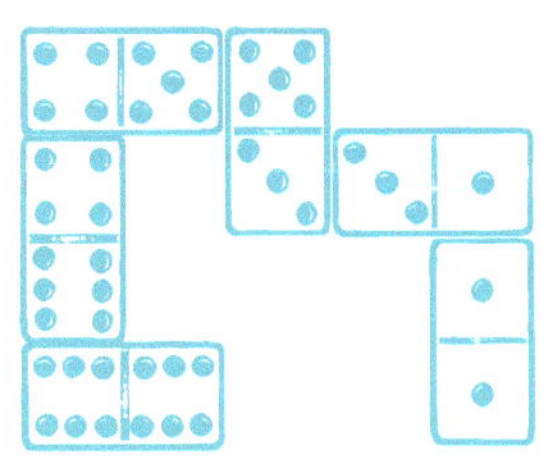

E VOCÊ, DE QUE BRINCADEIRAS MAIS GOSTA?

— Por que Laura ficou triste?

— Qual era o maior medo de Laura?

— Qual é o nome do ursinho dela?

— Onde ela poderia passar as férias?

— Por que Laura finalmente ficou tranquila?

A AUTORA

MAIRA HORTA é uma psicóloga brasileira radicada na Califórnia, nos Estados Unidos. Além de ser mãe de uma garotinha esperta e sapequinha, ela é especialista em distúrbios de ansiedade e tem o foco de seu trabalho voltado para minorias culturais nos Estados Unidos. Uma parte de seu trabalho é dedicada a capacitar e empoderar pais para que possam criar filhos conscientes, amados e seguros, mesmo numa situação de separação.

Com sua experiência profissional e pessoal, Maira entende a importância de ajudar as famílias a enfrentar os desafios das mudanças culturais e das pressões da vida moderna. Ela valoriza a riqueza da diversidade cultural e trabalha para promover uma educação emocional e psicológica saudável para crianças que estão crescendo em um ambiente multicultural.

Seu objetivo é fornecer ferramentas e conhecimentos para que os pais possam criar um ambiente acolhedor, seguro e amoroso para seus filhos, permitindo que eles se sintam conectados às suas raízes culturais enquanto se adaptam à sociedade em que vivem. Ela acredita que esse é o melhor presente que os pais podem dar aos filhos, proporcionando-lhes uma base sólida para enfrentar os desafios da vida com confiança e resiliência.

A autora é apaixonada pelo seu trabalho e dedica-se a ajudar pessoas e famílias a construir laços fortes e amorosos, promovendo o desenvolvimento emocional e psicológico saudável das crianças.

Seus escritos e suas orientações são embasados em sua experiência profissional, combinando sua *expertise* em psicologia e seu conhecimento relacionado à importância da valorização da identidade cultural em um mundo diversificado.

A ILUSTRADORA

CLARISSA RICCI nasceu e cresceu na cidade de São Paulo, apesar de, através da leitura e do desenho, viver também em realidades fantásticas. Desde criança, é fascinada por criar universos e personagens, os quais povoam seus mais de quarenta *sketchbooks*.

É graduada em Artes Visuais pela Unesp, trabalha como ilustradora e designer gráfica desde 2016, e também já atuou na área da arte-educação e mediação cultural, passando por instituições culturais como o SESC Belenzinho e o Museu de Arte Moderna de São Paulo.

Copyright do texto ©Maira Horta
Edição e revisão: Marta Almeida de Sá
Projeto gráfico, capa e diagramação: Claudia Intatilo
Ilustrações: Clarissa Ricci Guimarães

Dados Internacionais de Catalogação na Publicação (CIP) de acordo com ISBD

H821d   Horta, Maira
        Os desafios de Laura / Maira Horta ; ilustrado por Clarissa Ricci. - Atibaia
    : Edição da autora, 2024.
        32 p. ; 20,5cm x 27,5cm.

        ISBN: 978-65-982911-0-5

        1. Literatura infantil. 2. Família. 3. Diversidade cultural. I. Ricci, Clarissa.
    II. Título

2024-545   CDD 028.5
                                                      CDU 82-93

Índices para catálogo sistemático:
1. Literatura infantil 028.5
2. Literatura infantil 82-93
Elaborado por Vagner Rodolfo da Silva - CRB-8/9410

www.ingramcontent.com/pod-product-compliance
Lightning Source LLC
LaVergne TN
LVHW071615180726
843512LV00003B/651